LE
MISERERE

Tragédie lyrique légendaire, en deux Actes

Conte de Gustave Adolphe BECQUER, Auteur Espagnol

TRANFORMÉ ET MIS EN VERS FRANÇAIS

PAR

CASTEL EMILIEN-DIEUDONNÉ

Né à MANDUEL (Gard)

PARIS

Editions de la Revue Littéraire et Artistique

46, Rue de Bondy, 46

— 1925 —

LE
MISERERE

Tragédie lyrique légendaire, en deux Actes

Conte de Gustave Adolphe BECQUER, Auteur Espagnol

TRANFORMÉ ET MIS EN VERS FRANÇAIS

PAR

CASTEL EMILIEN-DIEUDONNÉ

Né à MANDUEL (Gard)

PARIS

Editions de la Revue Littéraire et Artistique

46, Rue de Bondy, 46

— 1925 —

INTRODUCTION

Chers Lecteurs,

Si j'ai été inspiré d'écrire cette petite tragédie en deux actes, imitée du Miserere, de Gustave Adolphe Becquer, auteur Espagnol, c'est afin de rendre un hommage d'admiration à la mémoire de cet écrivain, trop peu connu du public Français et qui a fait écrire à Charles Simond : « qu'il méritait d'être admiré pour la beauté de ses écrits ».

PERSONNAGES

LE FRÈRE LAI.
LE MUSICIEN.
IDA, *Bergère*.
JÉROME
EMMAÜS } *Bergers*.
Chœur des Moines défunts.
Chœur des Ames déchues.
Chœur des Elus.

(*La scène représente la salle de refuge d'une abbaye*).

ACTE PREMIER

Scène première

Des éclairs apparaissent à travers les vitres d'une grande croisée, placée dans le fond et à gauche de la scène.

IDA

(Endormie sur le bord d'une table, s'éveille en sursaut au bruit de la foudre).

Mais quel est donc ce bruit
Qui vient troubler la nuit !

JEROME

(Qui se chauffe auprès de la cheminée).

C'est celui de la grêle
Qui tombe pêle-mêle ;
Déchiquetant nos prés.
Dans le val des cyprès.
Adieu beau pâturage !
Que le ciel dans sa rage
Détruit en cet instant...

LE FRERE LAÏ

(Qui récite le chapelet en se promenant de long en large dans la salle de refuge).

Ce propos est méchant.
Cessez donc votre plainte,
Le ciel dans cette enceinte
Pourrait tous nous châtier.

JEROME

(Tout confus).

Je ne le puis nier,

(Levant les bras au ciel) :

Que le ciel me pardonne
Et qu'il ne m'abandonne
Pour ce mauvais propos.

LE FRERE LAI

(Etendant les mains vers le berger en signe de pardon).

Ayez l'âme en repos.
Le Seigneur par sa grâce
Au repentant efface
Le moindre égarement.

JEROME

(Rassuré).

Cette erreur d'un moment.

(On entend, d'une manière sourde et lointaine, les moines qui entonnent le *Salve Regina* dans l'intérieur de l'abbaye).

LE FRERE LAI

Ecoutons, ô mes frères
Les suaves prières
Qu'on entonne au Saint Lieu.
A genoux, prions Dieu.

(Ils s'agenouillent tous et prient à voix basse.

LE FRERE LAI

Ave Maria, gracia plena, Dominus Tecum, benedicta tu, in mulieribus, et benedictus fructus ventris tui, Jesus.

IDA, EMMAÜS, JÉROME

(Répondent) :

Sancta Maria, Mater Dei, ora pro nobis pecatoribus.

IDA

(Interrompt la prière, en entendant frapper à la porte).

Qui frappe de la sorte !

LE FRERE LAI

(Fait signe à Ida de se taire, puis il continue la prière).

Et in hora mortis nostrœ.

IDA, EMMAÛS, JÉROME

(Répondent à mi-voix).

Amen.

(On entend, par une porte d'intérieur, que le vent a fait entr'ouvrir, la fin du *Salve Regina* dans l'intérieur de l'abbaye).

« O clamens, ô pia, ô dulcis Virgo Maria ».

(On frappe encore à la porte).

LE FRERE LAI

(Se relève ainsi que les deux bergers et la bergère, puis il dit à Ida) :

Allez ouvrir la porte.

Scène II

Ida ouvre la porte, un homme apparaît, les vêtements détrempés par la pluie, il tient un bâton d'une main et puis se découvre de l'autre de son large chapeau de feutre noir, il porte suspendu derrière son dos un sac de toile et une caisse à violon.

LE MUSICIEN

(Consterné).

Daignez me recueillir
Je me sens défaillir.

LE FRERE LAI

Approchez-vous, brave homme.

IDA

(L'aidant à se débarrasser de son vêtement).

Il est trempé tout comme
S'il sortait d'un ruisseau.

LE MUSICIEN

(Déposant son vêtement sur le dossier d'une chaise pour le faire sécher au feu).

Il est tombé tant d'eau !

LE FRERE LAI

Là, près de la flambée
De notre cheminée,
Séchez vos vêtements.

IDA

(Le voyant attristé).

Dissipez vos tourments !

LE MUSICIEN

Merci !

LE FRERE LAI

(A Jérôme).

Faites-le boire !

JEROME

(Présentant un verre au musicien).

Prenez.

LE MUSICIEN

(Ayant bu, rend le verre et dit) :

A votre gloire !

LE FRERE LAI

(Reprenant le verre et le passant à Ida qui se retire dans
l'intérieur de l'abbaye portant à sa main une cruche d'eau).

A la gloire des cieux !

Scène III

(S'étant assis).

Quel vin délicieux
Je reprends du courage.
Ah ! sauvé de l'orage.

(Après un court moment de réflexion).

Non pas de mes remords !!

LE FRERE LAI

(S'adressant aux bergers).

Qu'a-t-il dit ?

EMMAÜS

Ses remords !!!

(Et pendant que le frère lai et Emmaüs se regardent ébahis, Jérôme interpelle l'inconnu).

JEROME

Ne pourrait-on savoir le but de ton voyage ?

LE MUSICIEN

Je suis un musicien qui fait pélerinage
Dans ces lieux où jadis des milliers de soldats
Livrèrent aux Germains de furieux combats.

EMMAÜS

Et fûtes-vous aussi poilu durant la guerre ?

LE MUSICIEN

(Interloqué, baisse la tête et paraît pleurer).

JEROME

Il dût être embusqué.

EMMAÜS

Cache-t-il un mystère ?

LE MUSICIEN

Tu l'as dit...

LE FRERE LAII

Ce peut-il ?

(Le musicien sanglote).

Veuillez sécher vos pleurs !

LE MUSICIEN

Frère, je ne le puis après tant de malheurs.

JEROME

Te mobilisa-t-on ?

LE MUSICIEN

Comme les camarades.

LE FRERE LAI

Alors que fites-vous ?

LE MUSICIEN

Par maintes escapades,
Sous des déguisements avec des noms divers

Je fis pendant ce temps le tour de l'univers,
Trahissant en tous lieux ma superbe patrie
Mon art de musicien fut un art d'infâmie
Puis ce ne fût pas tout.....

(Le frère lai et les deux bergers se rapprochent du musicien avec une certaine appréhension).

LE FRERE LAI

Comment ?

LE MUSICIEN

Rapprochez-vous !

LE FRERE LAI '

N'avez-vous jamais craint du Ciel les durs courroux ?

LE MUSICIEN

Hélas, au temps jadis, lorsque j'étais tout jeune
Alors qu'avec mon père on observait le jeûne
Et qu'ensemble, tous deux on allait aux Saints Lieux.
Mais depuis ce temps-là...

(Il pleure).

EMMAÜS

Calme-toi, pauvre vieux.

(Le frère lai et les deux bergers échangent des regards de surprise).

LE MUSICIEN

Ainsi donc je faisais de la musique infâme
Où que je me trouvais et perdis plus d'une âme
Par ses charmes trompeurs...

LE FRERE LAI (à part)

Il mérite l'enfer !

JEROME (à Emmaüs)

Il dût être, ma foi, un musicien expert !

LE MUSICIEN

Ma réputation s'étendit à la ronde
Et fis je crois le tour de notre mappemonde
Mais les succès, hélas ! souvent ne durent pas ;
Il advint qu'à mon tour, séduit par les appâts
De mon art corrupteur, je penchais vers l'abîme
Puis un soir... c'est affreux...

(Il pleure).

Je dus...

(Il finit sa phrase par mots entrecoupés de sanglots).

Com... mettre un... cri... me !!

LE FRERE LAI '

(Devant les affirmations naïves du musicien devient un peu sceptique).

Peut-il en être ainsi ?

LE MUSICIEN

Ça n'est que trop certain.

(Il met sa tête entre ses mains et puis sanglote).

Scène IV

Ida rentre apportant une bouteille et des verres qu'elle dépose sur la table),

LE FRERE LAI

(A part, à Ida, en lui désignant le musicien).

Son cerveau me paraît ne pas être bien sain.

(S'adressant ensuite au musicien).

Après tant de forfaits que pensâtes-vous faire ?

LE MUSICIEN

A tout prix retrouver la planche salutaire
Sans cesse implorer Dieu comme fit Barabas
Me repentir toujours, revenir sur mes pas
Partout où j'ai péché, puis faire plus, en sorte
D'exalter la vertu.

LE FRERE LAI

Ce discours réconforte.

LE MUSICIEN.

Mon art de musicien ainsi sanctifié
M'attirer du Seigneur un peu de sa pitié !

LE FRERE LAI

Je bénis votre but, car il est fort louable.

JEROME

Il nous fait oublier ton passé lamentable.

LE MUSICIEN

Pour exprimer à Dieu ce que je ressens là

(Il montre son cœur).

Je ne trouve pas mot. On dirait qu'un holà
Feint de m'en empêcher. Un jour, je ne sais comme,
Se trouva sous ma main un chant divin...

LE FRERE LAI

(Voyant qu'il hésitait pour terminer sa phrase).

Un psaume !

LE MUSICIEN

Précisément, celui d'un grand roi d'Israël
Qui se nommait David, j'en bénissais le Ciel.
« *Miserere mei Deus* » était son titre.
L'ayant alors placé sur un très vieux pupitre
Avec avidité j'en jouais les accords
Et je sentis alors s'accroître mes remords.
Enfin, en méditant l'hymne du roi prophète
Une inspiration fit surgir dans ma tête
L'idée de créer un grand Miserere
Depuis lors j'y travaille et suis presque assuré
Que rien n'égalera son accent de détresse.
On ne pourra l'ouïr qu'envahi de tristesse
Et veux qu'à ses accents les anges attendris
Implorent mon pardon au sein du Paradis.
Il sera si touchant, si parfait, si sublime,
Que le Ciel, à son tour, pardonnera mon crime.

(Il se tait un instant et puis reprend) :

Hélas !

(Le frère lai, Jérôme et Emmaüs forment le cercle autour
du feu et l'écoutent dans un profond silence).

Depuis longtemps, je parcours des pays
Afin de le créer. Ils ne m'ont rien appris
Qui puisse me servir dans leur noble musique.
Cependant j'ai vécu sur la terre classique
De la belle Italie où je restais longtemps,
Mais rien ne m'inspira, malgré de longs printemps.
En Allemagne enfin, je m'enfuyais ensuite,
N'y trouvant rien non plus je dus prendre la fuite.
Ayant alors ouï tous les Miserere
Car je les connais tous... je m'en reviens navré.

JEROME

Tout ça n'est pas possible !
J'en connais un terrible
Aux airs surnaturels ;
Accessible aux mortels.

LE MUSICIEN

Vous voulez me narrer un conte de Bretagne
Qu'est ce Miserere ?

JEROME

Celui de la montagne !

LE MUSICIEN

(Qui feint de n'avoir pas compris).

Comment le nommez-vous ?

JEROME

Ne vous l'ai-je pas dit ?

LE MUSICIEN

Mais où chante-t-il ?

JEROME

Dans nos monts, cette nuit.
Oui, ce Miserere qui vous reste introuvable
N'est connu que des gens qui s'en vont comme moi
Derrière leurs troupeaux

LE MUSICIEN

Çà paraît incroyable !
Pouvez-vous l'affirmer ?

JEROME

Croyez-le sur ma foi !

EMMAÜS

Puisque vous y tenez, en voici donc l'histoire.

LE MUSICIEN

Nous l'écoutons ravis, dis-là comme il convient.

(Le musicien, Ida, le frère lai, Jérôme, s'approchent autour d'Emmaüs).

EMMAÜS

Dans un col retiré de la montagne noire
Habitait autrefois un noble châtelain
Dont le fils se ruina, si j'ai bonne mémoire

Dans des jeux de hasards, s'y croyant fort malin
Le père furieux de ce libertinage
Déshérita son fils et donna le château
Aux moines qui vivaient dans le viel hermitage
Dont on voit les débris au sommet du coteau.
Le fils, ce possédé fait de la peau du diable
Jura de se venger. L'histoire a relaté
Qu'il s'en fut pour servir les hordes lamentables
De l'ignoble Kaiser rempli de cruauté.
On chercha vainement où se trouvait le drôle
On ne le trouva pas. Il était déserteur.
Le châtelin navré de son ignoble rôle
Voulut bon gré mal gré laver son déshonneur.
C'était la guerre ; on entendait la fusillade
Les Germains s'avançaient. Le noble châtelain
Avec quelques amis étaient en embuscade
Près des murs du château sur son propre terrain.
La nuit du Jeudi Saint son manoir fut en flamme
Le châtelain avec ses braves francs tireurs
Faisait le coup de feu, c'était une grande âme
Mais il fut terrasé par ses vils agresseurs.

LE MUSICIEN

Et que fit donc ce fils ?

EMMAÜS

       Plus d'aucune manière
On ne le sut jamais, quoique des gens d'ici
Disent qu'il fut surpris dans un coin de clairière
Faisant à ce couvent la guerre sans merci.

LE MUSICIEN

Et le Miserere ?

EMMAÜS

On dit qu'avant matines
Puis à pareille nuit, apparaît c'est certain,
Une lueur étrange en ce vieux monastère
On y entend des bruits qui viennent du lointain.
Tout s'y ranime dans une vive lumière
On y entend la voix des moines, des soldats,
Entonnant des concerts effrayants et sublimes
Qui blâment les traîtres, espions, scélérats.
C'est le Miserere qui condamne les crimes
Et c'est en même temps un chant de repentir
Qu'entonnent cette nuit toute ces pauvres âmes
Peut-être n'ayant pu dans leur dernier soupir
Exprimer leur pardon au milieu des flammes,

(Les assistants se regardent les uns les autres d'un air d'incrédulité, sauf le musicien qui fort préoccupé questionne).

LE MUSICIEN

Ce chant puis-je l'entendre ?

JEROME

Certainement, voici
Comment il faut s'y prendre :
A quelques pas d'ici
Près de ce monastère
Vous verrez un ruisseau,

Qui coule avec mystère
Tout près d'un bocqueteau.
Remontant vers sa source
Vous suivrez un sentier
Qui termine sa course
Au pied d'un peuplier
Là dans un col sauvage
Vous vous engagerez
Et sur votre passage
A votre aise pourrez
Contempler les ruines
De ce couvent hanté
Où se chantent Matines
Et puis Miserere.

LE MUSICIEN
(Prend son bourdon et part).

J'y cours sans plus tarder dans moins de demi-heure
A mon tour j'entendrai la voix des trépassés.

Scène V

LE FRERE LAI

Il est fou !

LES BERGERS

Il est fou !

IDA

J'entends mon chien qui pleure
Retournons au bercail.

LE FRERE LAI

O projets insensés !

IDA

Ce musicien dans ma mémoire
Me remémore un souvenir
Je vais le suivre en la nuit noire
Quoiqu'il puisse m'advenir.

(Elle part).

Scène VI

LE FRERE LAI (stupéfait)

Parions que cette bergère
A reconnu ce pauvre fou.

EMMAÜS

Se peut-il ? Je la suis mon frère
Au revoir.

(Il sort).

LE FRERE LAID

Nous prions pour vous.

(Fin du premier Acte)

ACTE DEUXIÈME

—————

(La scène représente un vallon où l'on aperçoit à gauche un ruisseau bordé de peupliers. Dans le fond les ruines
imposantes du vieux monastère).

Scène première

(Au lever du rideau, on aperçoit le musicien endormi sur
un vieux sépulcre).

IDA

(Apparaît, se dissimulant derrière les arbres, en compa-
gnie d'Emmaüs).

Emmaüs ! Emmaüs !

EMMAÜS

Taisez-vous, attendons.
Car il s'éveillerait !

IDA

Où dort-il ?

EMMAÜS

(La tête penchée en avant de l'arbre).

Sur la tombe.
Cachons-nous dans le bois, car de là nous verrons
S'il entendra des voix, ici, dans cette combe.

LE MUSICIEN

(S'éveillant).

Il ne pleut plus et les nuages
Semblent remonter vers le Nord
A travers ces sombres boccages
Je sens revivre mon remords.

(Un moment d'interruption).

IDA

(A voix basse).

Ce musicien ressemble étrangement
A mon pauvre frère Raymond.

EMMAÜS

Ida, vous vous trompez assurément
Il était brun et il est blond.

LE MUSICIEN

(Se levant).

Allons examiner ce cloître
Où je viens entendre anxieux
Près de ce vieux pilier noirâtre
Un Miserere curieux.
Ces piliers que le vent fouette
Font d'étranges mugissements
Perdrais-je en cet instant la tête
Au bruit de leurs gémissements ?
Je sens que tout mon cœur tressaille
Moi qui n'avais jamais eu peur
De coucher la nuit sur la paille
De même qu'un vil maraudeur.

Cependant ici rien d'étrange
Pas plus que de surnaturel
Ne me trouble et ne me dérange
De mon état habituel.
Ces rumeurs me sont familières
Comme jadis sur les chemins
Où je passais des nuits entières
Entre les monts et les ravins.

IDA

(A Emmaüs, à voix basse, cachés derriére un peuplier).

Ne rêve-t-il pas à Matines ?

EMMAÜS

Si fait, restez à mon côté.

LE MUSICIEN

(S'assied sur un vieux pilier).

Puisque me voici dans ces ruines
Contemplons-en donc la beauté.

(Interruption, il se lève et parcourt les ruines).

Des gouttes d'eau par ces crevasses
S'infiltrent et viennent se choir
Sur ces dalles, marquant leurs traces
D'un bruit d'horloge, en ce manoir.
Sous le nimbe de la statue
S'est réfugié le hibou.

(On entend le cri d'un hibou).

Qui pousse un cri de cohue
Effrayant autour de son trou.
C'est ainsi qu'après les tempêtes
Les reptiles sont éveillés
J'aperçois leurs difformes têtes
Aux sépulcres entrebaillés.
Parmi ces pierres sépulcrales
J'attends que de leurs sombres bords
Enfin des gammes musicales
M'apportent l'hymne de leurs morts.
Mais hélas ! rien... Je désespère.

(On entend un bruit inexplicable semblable à une rumeur lointaine).

Scène II

LE MUSICIEN

(Une cloche mystérieuse sonne un, deux, trois... jusqu'à onze).

Tic, tac, mais quel est donc ce bruit ?
Une horloge en ce monastère
Semble tinter là dans la nuit
Elle fait un bruit détestable
Qui ressemble à un grincement,
Serait-ce des bergers l'oracle
Qui s'accomplit en ce moment.

(Il met sa main sur sa poitrine et est en proie à la terreur).

(Le décor prend vie et les ruines disparaissent pour laisser apparaître le chœur du cloître)

Dieu ! de quel saint effroi je me sens envahi
Ce diable de berger ne m'a donc pas menti
Quoi les dais de granit des sombres sépultures
Les barrières du chœur, les trèfles, les festons
Les noirs piliers des murs, jusques aux clochetons
Tout paraît s'animer et reprendre la vie
Des gaz phosphorescents font une féerie
Tout revient en l'état et je suis tout tremblant
Les ruines ne sont plus... ô mystère troublant !

(On entend des voix lointaines et graves qui paraissent sortir de terre et s'élèvent de plus en plus perceptibles ; le musicien reprend alors son courage).

Reprenons du sang-froid et de la confiance
Pourquoi donc de la mort aurai-je méfiance
Je veux bon gré, mal gré, dominer ma frayeur,
Eponger de mon front cette froide sueur.
Mon désir de savoir, de connaître, d'entendre
Le grand Miserere qui doit tôt me surprendre
M'oblige à rester là... mais allons vers ces bords.

(Il va se pencher vers le bord de l'abîme pour voir d'où vient le bruit, puis il se recule terrifié en criant .

Scène III

LE MUSICIEN

Horreur ! Horreur ! Horreur ! Ce sont les moines morts.

(Les moines entonnent le premier verset du psaume de David, dans le précipice ; le musicien tombe à genoux, ébahi et écoute)

LES MOINES (chantent)

Miserere mei, Deus, secundum magnam
Misericordiam tuam
Et secundum multitudinem miserationem
Tu aurum de le iniquitatem meam.

LE MUSICIEN.

(Se relève en apercevant les moines venir se ranger autour du péristyle).

Je les vois un par un lentement s'accrocher
Avec leurs doigts osseux aux parois du rocher
Entonnant un couplet du psaume de David.
Qui pouvait deviner que dans ce ravin vide
Des moines trépassés se trouvaient assemblés.
Mon cœur est plein d'effroi, mes sens en sont troublés.
Quoi, déjà je les vois gagner le péristyle
Ils y vont deux par deux, les mains jointes, en file,
D'une capuche blanche ou grise ils sont couverts
Brr... quel froid glacial, sommes-nous aux enfers ?

LE CHOEUR DES MOINES DEFUNTS

(Une musique étrange accompagne leurs voix).

Amplius lava me ab iniquitate mea ; et a peccato meo mundo me. Quolliam iniquitatem meam ego cognosco et peccatum meum contra me est semper. Tibi soli peccavi et malum coram te feci ut justificieri, in sermonibus tuis et vincas cum judicaris.

LE MUSICIEN.

Je me vois atterré ! Où suis-je ? Dans quel monde ?
Je ne sens plus mon pouls une seule seconde

Je ressens qu'un grand froid pénètre tous mes os
Un frisson glacial me parcourt tout le dos.
Brr... Vais-je donc mourir là dans ce monastère
Où tout n'était tantôt qu'ombre et puis que mystère ?

LE CHOEUR DES MOINES DEFUNTS

Ecce enim in iniquitatibus conceptus sum et in peccatis concepit me mater mea.

Scène IV

(Pendant que résonne ce verset, une terrible clameur s'élève semblable à un cri de douleur arraché à l'humanité entière par la conscience de la misère).

CHOEUR DES AMES DECHUES

(Le musicien atterré tombe à genoux les mains aux cheveux).

Musicien insensé, criminel et infâme
C'est à cause ce toi que nous sommes ici
Condamnés à jamais à bruler dans la flamme
Qui nous ronge sans cesse et sans aucun merci.
Par ton art corrupteur, plongés dans cet abîme
Nous pleurons, gémissons et nous crachons le sang,
Ce sang qui fut l'objet de tant de crimes
Et que nous regorgeons dans un infect étang.
Puisque tu viens ici pour entendre nos plaintes
Grave-les dans ton cœur et fais-en ton profit.
Et malgré tes remords, et malgré tes complaintes
Musicien insensé, comme nous, sois maudit !

LE MUSICIEN

(Tombe anéanti la face contre terre, en s'exclamant) :

Ah !... Ah !...

(Après cet éclair de terreur, un éclair de jubilation y succède. L'église resplendit baignée dans une lumière céleste. Tout reprend de la vie. C'est l'apothéose du Ciel).

Scène V

LE CHOEUR DES ELUS

Chantons du seigneur les louanges
Des séraphins jusques aux anges
En honneur pour sa sainteté
Lui dont la parfaite justice
Punit du crime la malice
Et récompense la probité.

Soldats, Moines du monastère
Qui mourûtes pendant la guerre
De ces ruines venez au Ciel
Et laissez prosté sur terre
Le Musicien traitre, adultère,
Dont l'art répandit tant de fiel.

(La toile du fond tombe et le monastère apparait dans son premier aspect).

LE CHOEUR DES MOINES DEFUNTS

Auditu meo dabis gaudium et cetitiam et exultabunt ossea humiliata.

Scène VI

LE MUSICIEN

(Se relevant ébahi).

Ah ! Je me sens mourir
Et ma vue se voile

(Emmaüs et Ida sortent du bois pour lui porter secours).

IDA (à Emmaüs)

Veuillez le soutenir

EMMAÜS

(L'arrachant à terre).

IDA

Couvrez-le de mon voile

EMMAÜS

Laissons le reposer

Lui posant la main sur le cœur).

Touchez ! Son cœur palpite

IDA

Si vous pouviez oser
Chercher sous sa lévite
S'il n'a pas un papier
Qui nous donne son nom.

(Emmaüs en retire un et le donne à Ida).

IDA'

(Le rendant au berger et se désolant).

Lisez, c'est mon Raymond

EMMAÜS

Mais lequel ?

IDA'

Mais mon frère
Qui quitta le pays
Pour éviter la guerre
Qu'on n'avait vu depuis

EMMAÜS (surpris)

Relevons-lui la tête

IDA (effrayée)

Tiens ! Il rouvre les yeux
Raymond !

EMMAÜS

Soyez discrète
Plaignons ce malheureux.

LE MUSICIEN

(Revenant un instant à lui).

Emma, n'est-ce pas toi ma petite sœurette
Que je retrouve là dans l'affreuse tempête
Mais mon cerveau brûlant....

(Il délire et dit à Emmaüs) :

Quel est donc ce hulan ?

EMMAÜS (à Ida)

Emma retiens ton cœur car je crois qu'il divague.

IDA

Raymond ! Te souviens-tu de cette belle bague
Dont tu me fis cadeau

(Le musicien se redresse).

LE MUSICIEN

Je cherche en mon cerveau

(Puis perdant encore l'esprit) :

Mais ce Miserere qui condamne mon âme
Dont je veux annoter et l'élan et la flamme
Laissez-moi l'écouter car je l'entends encore
Dans ces ruines qui font un imposant décor.

IDA

Ne parlons plus de ça. Te souviens-tu de moi ?

LE MUSICIEN

Qui ? Toi ?

IDA

Ta sœur

LE MUSICIEN

Mais non
J'entends l'hymne du roi
Qui vibre encor plus fort au fond de mes oreilles

Le grand Miserere et ses notes vermeilles
Dont je veux rétablir mot par mot la beauté
Et qui doit effacer toute ma cruauté.

EMMAÜS

Et bien ! Soit ! Nous t'allons conduire au monastère

  (A Ida) :

Surveillons-le, je crois, je crois, que votre frère
A perdu la raison

IDA

Mais mon Dieu, se peut-il !

EMMAÜS

La volonté de Dieu soit faite, ainsi soit-il

IDA (tremblante)

Soutenez mon Raymond, allons au Monastère

LE MUSICIEN

(Rit dans les bras du berger et de la bergère)

Ah ! Ah ! Ah ! Miserere

IDA

(Se redressant et tournée vers l'assistance, les bras tendus, crie d'une voix farouche).

Maudite guerre !

FIN